핑크는 여기서 시작된다

창비
청소년
시 선
44

핑크는
여기서
시작된다

최설 시집

창비

차
례

제1부

중딩이 되었어

발걸음

어둠은 학원 버스 불빛을 달고 길어진다
길어지는 것은 잘 보이는 것
십오 층 아파트 옥상과
버스 안 촘촘한 의자들
보도블록을 뚫고 자라는 가로수들도
잘 보인다 길어지면서

느릿느릿 구름과
검지 않은 저 하늘
시험 문제 풀어도 풀어도
보이지 않는 것 아무리 들여다봐도
캄캄한 이 밤
숨 쉬고 있는데 쉬지 않는 것만 같은
이 공기를
오늘도 가만히 만져 본다

입김이 밤을 살찌우네

얼음을 밟은 맨발처럼
귓바퀴에 소름이 돋을 때, 돌아보면
단 하나로
웅크린 그림자

시작되고야 말았다

이것이 장난이었으면
이 밤이 악몽이었으면
빈 가방처럼 준비가 되질 않아서

마음을 한데 모으고
생각을 이마에 두고
힘주고 쳐다봐야 하는데

이것은 예고편도 없이
밤새 내리다 말라 버린 비처럼
아무렇지도 않은 표정이다

무심히 잡은 손처럼
매일 보는 얼굴처럼
나처럼
그렇게 시작되고야 말았다

넘어진 상처에서 돋아나던 피처럼

붉은 것을 보면
자꾸만 훌쩍거리고 싶다

눈을 크게 뜨고
심호흡하고
저것은 나의 몸 덩어리
마주 잡은 두 손처럼 가까운 체온으로

한 달에 한 번
오래도록 만날

오늘부터
다른
나

으르렁

사냥감을 향해 몸을 날리는 육식 동물처럼
나는 단번에 엄마 말을 받아친다

됐다고

죽인 먹이는 빨리 상하는 고기
나는 짧은 위장을 가지고 있을 뿐

한 번만
한 번만 말하라고

피 냄새로 자라는 육식 동물
이 방 안은 오래도록 비빈 살냄새

유리방 안에 누운 사자처럼
침대 위를 오래도록 굴러다닌다

싫다고 싫어 나는

누구든 한마디라도 하면
피 뚝뚝
다 집어삼킬 거야

나가라고
나가 제발

고함 소리로 방문을 닫는다
우르르
방 안 가득 밀려오는 후회
오늘도 비좁은 책상

엄마 is 뭔들

여덟 살

빨리
이리 와
손 씻어
밥 먹어라
숙제 먼저 해
알았어 몰랐어
또 그러고 있다
고만 보고 자라 좀
일어나 지각이다 지각
학교 끝나고 바로 오랬지
치카하고 세수하고 얼른 자

열여섯 살

얼른
너 뭐 해
학원 늦었다
입술이 그게 뭐니
치마 좀 내려 입어라
정신 사나워 머리 묶고 가
다이어트는 무슨 밥 빨리 안 먹을래
책상 정리 좀 해라 귀신 나오겠다 아주
세상에 이게 방이야 쓰레기장이야 정말!
하루 종일 거울만 들여다보고 학교 안 갈래
얼굴만 쳐다보면 뭐 하니 실내화 좀 빨아 신어라

미쳤다

하늘 미쳤다 운동장 미쳤다 벚꽃 미쳤다 어쩜 이렇게
구름 하나 없이 떨어지는 꽃잎들

날아가는 벚꽃 잎을 잡다니 미쳤다 그러면 연애한단다
매점 쏴라 오빠한테 카톡 보냈어 읽었는데 답이 없다 밤
마다 핸드폰을 쥐락펴락 시들까 봐 난 잠도 못 들고

미쳤다 오빠 그 언니랑 사귄대 길거리에서 손을 잡다니
미쳤네 언니 얼굴 별론데 화장도 얼마나 촌스러운지 미쳐
미쳐

손에 쥔 벚꽃 잎처럼 날아갈까 봐 조심조심 나의 오빠,
웃었잖아요 초콜릿 받고 흐드러지게 저 꽃들처럼 나 분명
기억하는데

오늘도 대답 없이 머리 위로 꽃잎, 떨어진다 미친 듯이
쏟아지는 봄의 말들 여전히 내겐 경계도 없이 우리 오빠
손에 쥔 꽃잎 꽈악 말아 쥐고서

장바구니

신상 나왔어 반바지를 담았다 티셔츠를 넣었다 내 마음
처럼 유행은 빠르다 빨간색이 좋았다 줄무늬가 싫었다 허
벅지가 끼면 어쩌나 지퍼가 안 올라가면

화면 속 모델을 보며 그 표정 그 머리칼 한참 동안 내가
예뻐진 것처럼 고개 한껏 들지 아이돌처럼 그렇게 다 자
란 표정을 보여 주고 싶어

너나 나나 똑같은 교복 똑같은 의자 조금씩 비슷한 얼
굴이 되어 가면서 쌤들은 모르실 테지 조용히 키가 크는
나의 허리와 조금씩 길어지는 나의 발목

짙은 새도 립틴트 마스카라 쓱쓱 바르면 다시 볼 거야
엎드려 잠만 자던 나 말고 이렇게 핫한 나

클릭 클릭 집어넣는다 미결제 중인 나의 밤들은 여전히
장바구니 담기 완료

달콤

따뜻한 빵
이불 속 온기 같은 평화

한 손에 쭈쭈바 다른 손에 햄버거
씹을 때마다 차오르는 입속으로

달콤 하루
둘둘 말린 초코롤처럼 둥글어지는 기분

상냥하게 딸기우유
기분 좋게 초코우유
한 단지 비운 듯 바나나우유

빨대 속으로 금세
사라지는 또 하루

수학 시간 내내 꿍꿍
설탕 뿌린 도넛으로 손가락마다 꼬깔콘으로

도형들이 자꾸만 회전하는 하루하루

당나귀 표정으로

귀가 머리만큼 커졌다

귓구멍에서 숨이 나오고 귓바퀴가 벌름거린다
개 톡방에서 너 씹고 다닌데 지 잘나간다고 얼마나 설
쳐 대는지 레알 재수 친추는 웬열
달그락달그락 한꺼번에 쏟아지는 말들

귓구멍까지 정수리까지 차오른다
귀는 점점 길어지고

쉬는 시간 급식실 귀가하는 길에도 두 귀는 계속
친구가 찐따 되고 짝꿍은 짝패 되어
여드름처럼 터져 버리는 말들

종일토록 귓속에 쌓인 보라색 이름들
오늘도 축축한 당나귀 얼굴

라면

물이 끓는다
라라라 부르던 음악 시간처럼
라―면 신이 난다
출렁이는 면을 보고 있노라면
목구멍 가득 침이 고이는 라면
한 젓가락에 김치 생각이 나고
한 젓가락에 창밖이 어두워진다
또 한 젓가락
불 꺼진 방들이 쏘아보고 있다
언니 한 젓가락만, 이럴 땐 동생도 없다
마음이 온통 구불구불하다

거울 모드

연습실 안
나 그리고 나

두 손을 들자 아이돌
원투 스텝마다 연예인
보여 주기 싫은데 베이베 베이베
보여 주고 싶은 이 방은
인기가요 음악중심 뮤직뱅크

하늘이 어디까지라고 생각해?

가리킨 곳마다 하늘이 되고
숙인 곳마다 바닥이 되고

하늘을 걷다가 오래도록 바닥을 헤맸다

긴 머리를 바닥에서 하늘로 던져 보면
아무도 없는 유리방

무수한 나

한글날

오늘은

중딩 그리고 세종

해도 되요? 말해도 돼요.

이도 인가요? 본명 이도예요.

이거 딱 한개 맞죠? 한 개 맞아요.

안먹어도 괜찮죠? 안 먹어도 괜찮아요.

어머나 웬일일까요? 그러게요 웬일일까요.

설레임 아이스크림 먹었어요. 네 설렘 가득해요.

씻지 않은 체 잠들었어요. 그런데 씻은 체를 했군요.

말 잘하는 법 가리켜 주세요. 그럼 제가 딱 가르쳐 주죠.

하던지 말던지 결정하려구요. 하든지 말든지 결정하려 하는군요.

어떡해 할지 모를 땐 어떻하죠? 어떻게 할지 모를 땐 어떡해 하세요.

작은 흙이 모여서 이 산이 되었어요. 적은 흙을 모아서 큰 산을 이루었군요.

이걸 읽고 이해함으로써 당신이 한글을 아끼는 국어왕으로서 인정받았음을 아뢰오

제2부

미끄러지지
않도록

얼음 위에서

4시
종례 제발 좀 빨리
오 분 안에 언덕을 내려가야 한다
오늘도 학원 차가 떠나 버리면
찌그러진 깡통처럼 시무룩
홀로 간다 지하철도 버스도
누구도 말을 걸지 않는
그런 얼음판으로

5시
버스도 학원도 쉬는 시간도
모두 같은 기울임
한 손에 폰을 쥐고 다른 손으로 끄적이면서
그렇게 굳어 가고 있을 것이다
쉽게 녹지 않을 얼음 조각들

12시
하루가 길다 내 몸은 짧고

버스들은 밤마다 무리를 짓는다
가로등
경비실
엘리베이터
층층의 계단
그 불빛들을 이야기 삼아 걷는 밤

주르륵 오늘이 미끄러지면
눈을 비빌 때마다
혼자 녹는다

D-10

죽을 것을 알면서 새끼를 낳는 물고기처럼 알면서 잠을
자고 핸드폰을 연다 알면서 금세 닥칠 거라는 걸 너무 잘
생각하면서

전교 1등 언니는 청바지에 똑바른 자세라지만 나는 엎
드려야 글씨가 잘 써진다 똑같이 24시간 졸다가 얼마 풀
지도 못하고

베개로 두 팔을 접었다가
생각하는 두 손으로 머리를 받치고

알람 소리에 얼굴을 문지르면 아침은 얼마나 빨리 오는
가 핸드폰을 열자 D-Day 불빛이 깜빡깜빡

10이 아니라 Day
어느새 다 지나가 버린
오늘은

시험 첫날

교육부 장관

조선 근대사가 아니라
함수 그래프가 아니라
인물의 갈등 양상이 아니라

그게 아니라

먹고 싶은 것을 서술하시오
사고 싶은 것을 기술하시오
종일 자는 방법에 대하여 분석하시오

논하시오
친구들이랑 밤길을 쏘다니다가
김밥 떡볶이 오뎅 국물 한 잔 들이켜며
시험 없는 세상
정답 없는 나라
이 지구에 경쟁이 없다면
백 분 토론이 여기 있다
나라를 위하는 청소년들로서

걱정이 없다면
모두가 행복하다면

없다

톡방을 열었을 뿐이고
너를 초대했을 뿐이고
다른 애들이 욕을 했을 뿐
경찰 앞에서 나는 입술이 없다

우리 애 원래 안 그래요
집 학교밖에 모르는 애라고요
소리 한번 지른 적 없는 애예요
놀이터에서 사람을 때리다니
말도 안 돼 얘가요? 욕도 잘 모른다고요

아니 학교는 도대체 뭘 한 거야
애들 똑바로 교육했어야지
다들 책임져요 우리 애가 아니라 여기 탓이야

학교 폭력 예방 및 대책에 관한 법률 제17조에 의하여
서면 사과 및 봉사 활동을 시행합니다 이의가 있을 시 재
심을 청구하거나 민사 소송을 제기할 수 있습니다

있습니다 그리고 나는 없습니다

혼잣말

야
너
말 못 해?

말 잘 해
말 안 해

말해도
아무도 들어 주지 않고
아무도 쳐다보지 않고
나는 그냥 아무도

오늘도
급식실 아닌 매점으로
이동 수업 제일 먼저 나오기
맨 뒤에 서기 시선 없이
나는 그냥 나

내게 오래도록 속삭이는
나를 사랑해

조물조물

핸드볼 한 지 삼 년 됐어요
숏컷이 좋아요 공에 감기는 머리카락은
슬라임처럼 끈끈해요

한껏 몸을 띄워 던지는 공에
새벽 운동 수행 평가 친선 경기 한꺼번에
한 번에 날리려 했는데
떨어지지 않는 슬라임처럼
들러붙은 두려움

넌 좋겠다 꿈을 정해서
난 정했나 꿈은 몰라요

샤워실 물줄기를 세게 틀고는
색색의 무서움들을 씻어 내요

숏인데 공은 여전히 두 손에
전국 체전 협회장 대회 국가 대표까지 한꺼번에

한 번에 날아오르려 했는데
조물조물
날마다 뭉쳐지는 내 마음

골대 안 슬라임 덩어리 하나

반국 사람

매운맛은 내가 일빠고
우리 반에서 말도 제일 많은데
밖에만 나서면 다들 본다

베트남인가 인도네시아 그쪽도 많아요 애는 아닌 것 같
은데 좀 닮았나 진하게 생겼네 엄만 한국말 못하나 봐

다시 한번 말하지만
한국인의 매운맛 우주 최강자고
나 더듬거린 적 없지 엄마도 잘하거든

맞거든 대한 사람 대한으로 길이 보전
한민족이 나올 때마다
허벅지가 찔린 듯 따끔거린다

사랑하거든 내가 제일 대한민국

마트 혼자 간다고 한 거

미안 엄마
마음 반쪽이 매일매일 바늘에 찔린다

핵

핵이쁨 핵짜증 핵피곤 핵잔소리

오늘따라 신호등은 핵느림
버스는 저기서 핵뒤뚱
발을 디딜 틈도 없이 핵가득

오늘도 핵핵거리며 들어간 교실
이 안엔 어디도 표정이 없다
두 손에 폰을 말아 쥐고서

핵귀염 핵답답 핵무식 핵나댐 핵폭발

저기요 똑똑
너 아직도 폰 속에 있니?

아빠 맨날 늦게 오잖아
제발 핵심만 해 주세요

쫌!

뉴클리어 우리의 핵은 언제나
폭발 직전

뚱

꿈은 멀뚱
나는 아직 가스 불도 못 켜는데
직업을 정하라고 하시면
무엇을 할 수 있을까요

국어도 싫고 수학도 영어도 노 노
요리도 못하고
예술은 젬병이며
체육은 극혐인데
나는 도대체 무얼 잘하는지

어제 밤을 새운 건 폰 아니고
그런 심오한 인생 고민 때문

여전히 멀뚱
연예인 멋져 보이고
건물주 좋아 보이고
세계 정복은 게임 속인데

들었어요 엄마 아빠 싸우는
돈 그거 많이 벌 거예요

벌고 쓰고 나면
나는

내내 멀뚱

꼽

그 말을 곱씹어 생각해 보자 껌처럼 오래도록 씹어 보자 쟤 뭐냐? 애들은 크크 웃고 등 돌린 담임 쌤 문제 내는 중 뭐냐니? 창문 밖 나무들도 기웃기웃 내 얼굴을 구경 중이다 이렇게 뜨거운 걸 보면 오늘도 귀 끝까지 빨개졌을 텐데 나만 보면 꼽주는 네 말 덕분에 오늘도 역시 원샷 받는다 질경질경 밤이 늦도록 씹어도 네 말은 질기도록 남아서 네 표정 네 말투 네 목소리 네 시선 네 웃음 네 다리 질질 끌고 다니는 네 실내화 까매진 콧등까지 온갖 네가 돋아서 잠이 오질 않는다 사각형 교실 모퉁이에 서 있는 내일의 나

제3부
여학생

취향 저격

곱창 순대 닭발

삼겹살 노릇노릇 쌈장에 푹 찍어서
크으 콜라 한 잔에 온갖 시름 싸르르 넘어간다

떡볶이 오뎅 김밥
말고

곱창 순대 닭발

여중생 맞고요

아줌마 곱창 1인분 추가요

있다

하트만 봐도 발그레한 너에게

발소리만 들어도 생각나는 얼굴이 있다 계단을 오를 때마다 이마까지 두근거리는 이름이 있다 눈 뜬 새벽달마다 좋아요 좋아요 말하고픈 아이디가 있다 키 큰 뒤통수만 봐도 돌아볼까 조마조마한 발걸음이 있다 화장실 앞 마주치면 종일토록 부끄러워 죽겠는 하루가 있다 케이크 작은 꽃송이에도 인사를 붙여 보내고 싶은 사람이 있다 내일도 오늘도 머릿속에서 종일토록 함께 걷는, 네가 있다

궁금해?

1교시 3반
2교시 4반
3교시 교무실
4교시 5반

이쪽 복도 끝에서 저 끝까지 일 분도 안 걸린다
매점 안 간 지 오래거든 친구들 완전 삐짐요
아침부터 인사 계속 받아 주셨단 말이야
내 얼굴 빨개진 거 보이니 안 보이니
나오신다 거울 한 번 보고 흠흠
입을 다물었다 풀었다 다물
손 꼼지락 뺐다 꼬물
안녕하세요
그래
악
웃으심
나 보고 웃음
모래밭에 빠진 발
가슴이 풀썩 두 다리 흔들
쌤 양쪽 어깨도 웃는 것 같다
찰싹 지우개처럼 책상에 엎드려
선생님 이름을 자꾸자꾸만 적어 본다
종일 얼굴을 펴 든 해바라기처럼 여기 서서
복도에 쌓인 먼지들과 함께 얼마나 기다렸는지
모르실 거야 K쌤은 정말로 아무것도 모르실 거야

심쿵해

걸어도 걸어도 심쿵들은 다 어디 가셨나

티브이를 켜면 우리의 오빠들 이 손을 잡고 눈을 맞추며 머릿속까지 읽어 줄 것 같은데

집에 들어서면 다리를 벅벅 나의 오빠 내 이름은 오늘도 야, 라면!

띵동 엘리베이터에 심쿵 들어오는 윗집 오빠

양말은 중요할 때 구멍이 나고야 만다 슬리퍼 속 발가락들 한꺼번에 우물쭈물

구부린 엄지처럼 고개를 숙인 채, 간다 발자국만 같아도 발바닥까지 심쿵한

라면을 안고 돌아오는 길, 엘리베이터 버튼마다 돌기가 돋아 손끝마다 심장이 뛴다

헤바라기씨

국어 쌤 버스가 급정거하면 가방 안 헤밍웨이 헤르만 헤세 우르르 쏟아지는 그 얼굴이 보고 싶다 하셨지

그러나 이 버스에는 오래도록 얼굴이 없다 카카오나 별 그램이거나 롤을 헤매다 찾은 이름이거나

모든 세계는 끊임없이 변화하며 정반합 전중후 처음중 간끝 좌의정영의정우의정 쿵쿵따 삼박자로 헤겔이나니

버스 맨 뒤에 앉으면 우두머리가 된다 이러한 헤게모니 속에 나는 오늘도 헤씨의 책을 가진 그대를 찾노라

딩동댕 다음 내리실 곳은 여중 여중입니다 남학생은 없 습니다

독서실

손바닥에 오래 쥐고 있으면 털이 돋는
그런 종이 본 적 있어?

백 번쯤 생각했지 아마
천 번이 될지도 몰라
쪽지를 접었다 폈다 다시 쓰고
형광펜 젤리펜 다 꺼냈다구

숨을 데가 없으면 왜 쥐가 되는지 알아
얼굴이 생쥐처럼 오그라들어
안녀하세여흐
라면 먹다 놀란 입을 계속 닦았더니
말 대신 입가만 부풀어 오른다

전자레인지가 돌아간다
만두를 다 돌린 언니는
만두피처럼 꾹 다문 표정
미끌미끌 물고기 같은 쪽지를

다시 쥔다

잘, 거기, 그대로, 있어라

혼자 남은 휴게실
닳은 종이를 펼쳐 보면
얼굴이 먼저 달아오르는

좋아해요 언니

오래된 족보

태초에 학교 뒷산에는 나무와 그가 있었다 그의 옷이
더블인지 싱글인지 정확하진 않았지만 전설 속에서 선배
들은 옷에 귀신이 붙어서 간다고 했다 뒷산을 볼 때마다
우리는 그가 맨발일까 아닐까 내기를 했다 한여름엔 더위
를 식히러 오며 한겨울엔 오들오들 떨고 온다는 소문이
들렸다 졸업을 앞둔 겨울까지 우리는 복도를 내다보는 버
릇이 생겼지만 그는 나타나지 않았다 족보처럼 우리는 화
장실 구석에 이렇게 적어 두었다

시선은 위에만 둘 것
눈에 힘주고 외칠 것
아저씨 그거 옷깃 열지 마시고요
안 놀랐거든요 관심 없어요
공연 음란죄 몰라요? (돌아서서 신고해)
아, 하나 더 후배님
너는 잘못이 없고
잘하고 있어
오늘도 씩씩하게 걸어가

눈꺼풀을 감으면

하나 둘 꾸욱
오늘 쌍테 잘 붙었다 좋은 일이 생길 것만 같아

잎에서 잎이 돋아나듯 교실마다 돋아나는 쌍꺼풀

한 꺼풀
두 꺼풀

고개를 바짝 들고
눈에 힘을 준다

한 사람
두 사람

똘망똘망한 얼굴마다
반짝이는 테이프

눈을 감으면

앞은 검고
나는 무한대
누군가의 숨소리
바람이 불었나 보다
선생님의 발소리
창문에 그림자
차들이 지나가고
중랑천은 한강으로
흐른다 물이 멀어지는
소리 기우뚱 경적 소리
어느 끝을 향하여
녹고 있는 얼음과
땅의 소리 조금씩 이동하는
바닥과 중심 아주 먼 곳의
빛
지금 움직이고 있어
방향이 다른 잎사귀
가지들이 부딪치는 동안

이것은 계절의 냄새
나무들 흔들리고
물은 스며들고
공기의 빛깔
눈이 부시고
앞은 희고 나는 없고
손도 발도 사라진 듯
덩어리로서

눈을 뜨자
온통 새까매진다

핑크 공주

검은 패딩 개미들이 떼 지어 갈 때 핑크 공주는 개미 등을 툭 밀며 간다 좀 비켜 줄래 나 물들겠다

핑크 패딩 핑크 가방 핑크 파우치 핑크 핸드폰 이 세상 핑크는 다 여기서 시작되는 듯 웃을 때도 핑크가 피어나는 것만 같아

핑그르르 웃는다 밑줄도 핑크 채점도 핑크 동그라미도 핑크가 짱이거든 이거 핑크 노트 누구 재요 핑크색으로 글씨 쓴 사람 재일 거예요 아니 핑크 속옷이라니 체육복에 다 비친다 네 일부러

그런 거예요 일부러

까무잡잡 피부 지우고 아버지 담배 냄새 폭폭 가리고 며칠째 끓이고 있는 된장찌개 김치를 꺼낼 때마다 터지는 손등

핸드크림 발라 주는 엄마 없어도 핑크 로션 꼭 챙기거
든 꽃처럼 향기 내면서 잘 살고 있어 매일 핑크빛 나는

공개 수업

목을 주욱 빼 들고 선 미어캣들처럼
모두 열을 맞춘다
찰랑 웨이브 번쩍 가방 구두는 또각
우리는 교복 엄마들은 유사복
너와 나 등판마다 눈동자가 박힌다
발표를 하지 않아도 두 팔은 천근만근
글씨를 쓰지 않아도 프린트는 검어지고
오늘따라 긴 필기에 쌤의 목덜미가 번쩍거린다
발표도 많고 활동도 많고
조장도 많고 박수도 많고
많고 모두의 엄마도 많은데
엄마는 회사 할머니는 여기 출근

그만 먹는다고 할머니
살찐다니까 정말
할머니 눈엔 나는 맨날 해쓱

돌아서는 등 뒤에 인사를 했어야 한다

터덜터덜 할머니는 가시고
미어캣은 땅속으로 얼굴을 묻고

잔소리 반사

밥 먹어라
먹어야 공부를 하지
머리가 그게 뭐야
단정하게 묶어야지 공부할 때 내려오잖아
집중이 안 되잖아 집중이
롤 빼고 가라
아니 요즘 애들은 길에서도 롤을 하고 다녀
폰 안 치워
밥 먹을 때라도 그만 좀 봐라 좀
생리대는 챙겼니?
가방에 항상 넣고 다녀야지 그 정도 준비성도 없어
아니 어디서 인상을 써
너 엄마한테 그게 뭐야 버르장머리 없이

밥 안 먹는다고
뇌는 이미 혼자 돌아가고 있어
이거 허벅지 굵은 거 안 보여?
내가 알아서 한다고
머리 내 머리거든 신경 쓰지 마
앞머리가 내려오니까 롤을 하지
아니 길거리 사람들이 엄마랑 무슨 상관이야
폰 많이 안 하거든
지금 머리 식히는 거야
생리대 내가 알아서 챙겨 좀
아 내 가방 만지지 말라고
아 진짜 짜증 나
어쩌라고 좀 내비 두라고

엄마랑 딸이랑
아주 똑같이 생겼다 아주

내 사랑 언니

첫 만남 체육 대회
목이 터져라 응원해도 우리 팀은 온통
1차 탈락 예선 탈락 전원 탈락
운동장을 가로지르는 저분은 누구시냐
배 속 깊은 데에서 끌올한 고함으로
사랑해요 언니

조심해 급식실
이동 수업도 실패 이제 급식실뿐
두리번거리다 돌이 될 지경
한술 뜨고 있는 반짝 이마가 보인다
앗 국물 쏟을 뻔했잖아

세상에 하굣길
쌤 빨리요 알겠어요 준비물
이렇게 달리면 수행 평가도 1등
속도는 마음에 달려 있는데
순간은 언제나 지나 버려서 저기

사라지는 언니 뒤통수

두근두근 복도에서
쿡쿡 야 저기 니 언니시다
인생은 알 수 없는 것
어디선가 BGM 들려오고
말인 듯 바람인 듯 지나간다
아 안녕하세 가세요

고백의 시간
모두가 행복해지는 12월
오래도록 적어 둔 카드를 들고
삼 층으로 올라간다
언니 저기요
어 그래 안녕

안녕
세상에서 가장 오래 남을 말

골목길

사람이 없는데 사람이 필요해

스크롤의 압박
길어지는 골목

바스락
구석으로 고양이

바스락
점등하는 가로등

바스락
돌아볼 때마다 커진다

몰아쉰 한숨
꽁꽁 뭉쳐지는 밤공기

터벅터벅 발소리

지나가길 기다리면

한풀 더 캄캄한 밤

사람이 있는데 사람이 무서워

여중생

하천에서 실종되지 않았으며
외모를 자랑스럽게 여겨 씩씩하고
집단 폭행에 휘말리지 않아
혼자서도 무리들과 정답고
스트레스엔 떡볶이고
담배는 손대 본 적도 없음
낮길이고 밤길이고
음악을 들으며 걷는 발자국
누구도 만지지 않는다
구석진 곳에서도 늠름한 내게
가출이라니 이 집의 중심은 나
제사상 가운데 우뚝 서서
조상님께 꿈을 말씀드린다
실력으로 승부하기 위해
오늘도 새벽을 밝히는
이 목소리로
세상을 꿈꾸기 위해
내일을 말하는 소녀

성희롱 성폭력 성매매 없는 세상
팔목엔 칼자국 말고 온기를
숏컷도 바지도 노 메이크업도 박수를
오늘도 피어나는 여중생

* '여중생'으로 검색한 1년 뉴스의 95% 이상이 실종, 집단 폭행, 촬영 유
 포, 가출, 강간 성희롱 성폭력 성추행 성매매 등 성범죄 관련 내용으로,
 '남중생'으로 검색한 뉴스와 비교했을 때 양적으로도 100배가 넘는다.

여학교

학교가 언덕에 있는 건 생각을 하기 위해서
말려 올라가는 치마와
자꾸만 들러붙는 스타킹
생각한다 뛰면서 숨이 찬 여기
룰루랄라 손뼉을 부딪치면서

어깨동무로 피어나는 수다
세상 헐렁 묶은 친구들과
떡진 헤어 우리는 정다운 사이
전교 1등 노트를 째려보다
금세 등짝을 때려 본다

교복 치마 찢어지도록 달려
양손의 달인 매점 아줌마를 만나고
종소리 끝에서 베어 무는 한 입
우리는 이 세상 절친이 된다

하나둘 달리고 야호

말뚝을 박으며 샘솟는 힘이여
튼튼한 우리의 다리 알은
언제고 굳건히 남아 있기에
엉덩이를 두들기다 정이 든 사이

같이 가— 삼삼오오 필요한 건
언덕을 쓸고 가는 마음
출렁이는 바람에 치마가 풀썩
흔드는 손마다
내일이 펄럭인다

제4부

갬성 돋는 땅

안녕하세요

너 점심시간에 2학년 교실로 오라셔
오라 아니고 오라셔
여중에선 옥상보다 선배가 높다

점심시간까지 내가 기억하는 건
도덕 쌤 립스틱 안 어울리는 거
수학 쌤 삼각형 엄청 그리셔
기가 쌤 우리는 왜 못질을 배워야 하는가

사실 아무것도 기억나질 않는다
밥을 먹는 둥 마는 둥
틴트 번졌나 보고 치마 내리고

간다 계단은 왜 오를수록 무거워지나
복도는 먼지를 삼키고 날로 검은데
2학년 복도는 저 멀리 까망
내 마음도 시커먼 구멍이 뻥

저
저
언니 좀 불러 주세요

고개를 푹 숙여 인사를 하면
오늘따라 실내화가 터질 것 같다

이거 족보야 시험공부 잘 해

후드득후드득
계단마다 바람이 빠진다
풍선처럼 떠도는 내 마음 한 보따리

홍콩 할매 귀신

들어오지 마

여기는 화장실 지금 쉬는 시간인데 들어오지 말라시면 어디로 가야 하나요 저희는

할머니는 애정해 얼룩 없는 거울과 때 벗긴 바닥을 오늘도 내일도 여기를 지금을 잊으신다

세면대에 물을 튀기지 않는 방법 소리 안 나게 물을 내리는 방법 약속처럼 규칙처럼 우리는 할머니에게 혼나지 않는 법을 전수한다 빨간 휴지와 파란 휴지 자꾸만 물어도 아무거나 쥐여 주면 좋은 것처럼

오십 년 아니 육십 년도 더 전 너희들보다 작을 때 매를 맞으며 걸레질을 했다고 이렇게 온 머리칼이 꼬불꼬불해지도록 굽이굽이 살아오느라 자꾸만 머릿속이 깜빡인다고

들어오지 마

오늘도 할머니는 주인집 대문 앞을 비질하신다 깜빡깜빡 멀어지는 기억을 붙잡아 두며 우리의 흔적들 들락날락 남김없이 반짝이게 씻어 두시며

첫사랑

성당 오빠 말고 선생님
열 살이면 극복할 수 있다고 몇 번이나 말했다

한 살 어린 학원 동생
계단을 오를 때마다 목소리가 들릴락 말락

무대 위의 회장 오빠
이국의 목소리처럼 말 한마디도 고민했어요

희고 환한 나의 국어 쌤
시를 좋아한 건 쌤 덕분이죠

첫사랑들 모두 안녕하신지
그때의 여학생이 묻는 밤

나무의 비밀

비가 몹시 오던 날 나무는 무너지고 언니를 안고 쓰러
졌다지 썩은 밑동 모두가 눈물을 흘렸단다 봄마다 붉은
줄기를 가진 나무가 솟아나고

삼 층까지 올라온 수업의 참관자 졸고 있는 번호와 몰래
먹은 과자도 모두 알아서 빈 나뭇가지마다 새잎이 돋고

방학이 되자 나무는 숨을 내쉰다 모두 잘 지내거라 교
실 창틀마다 떨궈진 잎이 쌓여 가고

쌓이고 계절이 지나도 오지 않는 아이들 홀로 선 나무
교실 안은 마른 먼지와 시멘트 냄새

네가 없어서
책상과 칠판은 날마다 낡아 간다 시름하는 나무와

언니는 기다린다 눈물은 풀밭에 남아 비비추 비비추
오늘도 빈 교정에서 솟아나는 잎들

생생우동을 주세요

먹고 싶은데 아무리 열어도 텅 빈
나는 성에 돋는 냉장고
신라면 육개장 아니라 생생한 우동처럼
맨바닥 아닌 냉장고에 진열되고 싶다
끝이 있는 유통 기한과
물기 있는 면발과 스프
아무렇게나 툭 던져도 부서지지 않는
그런 윤기를 갖고 싶어
먹고 싶어 성적도 엄마도 아니고
그냥 딱 죽고 싶다
꿈 목표 미래 열정 패기 소망
도무지 솟아나는 게 없어서
나는 결정했다 영화에서처럼
누군가 제사상에 우동을 올려 줄까
생각하다가 꼬르륵

냉장고를 연다
우동은 있고

물이 끓을 때까지 숨을 쉰다
반짝이는 면발과 국물
후루룩 한 그릇 먹고

배가 부르다
살고만 싶어진다

진, 오 나의 진

1등
오늘도
다크서클로
꺾인 가지처럼
전원 버튼을 누른다
아빠도 동네도 잠든 시간
모니터에 진이 월드가 켜지고
손톱 열 개 자판마다 수다쟁이가 된다
자판으로 농담도 잘하는 진이는 바지 양쪽
매점 빵을 찔러 넣고 도서관 벤치 앞으로 간다

몸을 꼬며 길어지는 등나무처럼 자꾸만 자라고 싶어
먹고 떠들고 달려 나가고 깔깔대며 수다 떠는 팝콘 같은
그런 얼굴을 갖고 싶어 오늘도 시무룩 종일 그림자에 담겨
반쯤 눈 뜬 낮달을 바라보면서

진이는 점심시간 종이 쳐도 책상 위에서
진으로 잠을 잔다 책상에 볼을 이고

진 얼굴을 잊은 채 밤이 새도록

진은 일어날 줄 모르고

진이의 의자에 앉아

진만의 속도로

꺼지지 않는

진으로

진

진이는 왼쪽으로 잘 항해하고 있으므로 분명 도착할 거예요

마미손

고무장갑 안에 넣은 손처럼
나는 오늘도 여럿으로 나뉜다
머릿속에는 두꺼운 뼈가 차 있을 것이다
우리의 행동은 머리를 통과하여 나온다고 배웠으나

고무처럼 뭉툭한 말만 우둘투둘
엄마 머리는 숨이 다 죽었는데 묵은 김치처럼
손목이 시큰거린다고 했는데

쾅 소리로 닫히는 방문은 내 마음과 다를 것이다
서 있는 엄마 장갑에선 물이 뚝뚝
이 머릿속에는 두꺼운 마음만 들었나 보다
손가락 하나하나 엄마에게서 나왔다 배웠으나

속이 뒤집힌 채 걸려 있는 고무장갑
얼마나 많은 김치를 버무리면 저렇게 주홍이 되나
얼마나 많은 가슴을 문지르면 저렇게 터져 버리나
구멍으로 불어 터진 엄마 마음이 새어 나온다

만지작만지작 우물쭈물한 마음들
고무장갑 속에서 움직거리는 손가락처럼

완벽한 계획

이제 우리에게 남은 건 단 하나

안내실 할아버지 안 계신다 통과
본관 현관 앞 열 측정기 정상 통과
그 와중에 손 소독 해야지 손톱까지 통과
교무실 교실 열쇠 빼내면서 일단
소등해 교무실 전체 복도 아무도
확실해? 다짜고짜 선생님 안녕하세요 말해 본다
없다 아무도 없
다 잠든 밤마다 운동장 한가운데 솟아날 거라는 말
대신 샘물이 솟아나고
뒷마당 비석이 갈라지면서 귀신이 등장한다는
소문이 파다해 풀이 파처럼 자라고
화장실 문을 벌컥 열면 나올 것 같은
피 흘리는 분, 잠시 조용히 해 주세요
시험지 몇 장만 손에 넣으면 나가겠습니다
눈 감고 쉬잇

악 깜짝이야

시험 종료 십 분 전입니다

종이에 피 아니고 침이 흐른다

단발머리

이렇게 넓은데 혼자 앉아 있으면
엉덩이가 얼겠다 꼿꼿한 너는
손뼉을 짝 쳐도 깜짝하지 않을
분명한 눈동자
꾹 다문 입술
저기 똑바로 바라보고 있는
그 앞을 따라 본다
하루도 이렇게 긴데 삼십오 년이라니
태어나서 내가 이만큼 자랄 때까지
아직도 깨지지 않은 강점기
얼마나 쓰고 얼마나 무거울까
나보다 한 뼘은 더 단단해 보이는
소녀상 앞에서 우물쭈물하다
언 손을 꼭 잡아 주고 왔다

제5부

오랜, 나에게

기억은 키만큼

꽃잎을 물에 담가 두면 향수가 되는 줄 알았지
친구도 날이 새면 집에 올 테고

돌아오지 않는 사람처럼
꽃잎이 바닥으로 가라앉는다
방문을 열면 젖은 흙냄새

동네의 바닥이 드러날 때까지 땅을 파고 놀았지
무엇이든 못 만들 것이 없어서
너는 엄마가 되곤 했다
흙이 덕지덕지 갈라지는 손등으로
야단이었다 짓이긴 꽃잎들에 풀 줄기도 섞어
줄줄 바가지엔 물이 새고

꿈속에서 너는 여전히 흙 밥을 짓는데
이 야단은 어떻게 소리 내야 하나
사진 속 네 얼굴 환하고
나는 우는 얼굴이어야 하는데

오늘도 키는 자라고
날마다 기억은 돋고

장례가 시작되었다

우리도 생각이 있다

배를 접는다
칠판 가득 노란색 침묵
그날 이후로 어른이라는 단어를 말하지 않는다

묵념이라고 소리를 내면
이미 무거워
머리가 큰 인형처럼 넘어질 것 같다
눈을 감자 어느새 차가운 바다 위에서

함께 있었다 손을 잡고
복도와 창문 하나하나 두드리면서

안녕
안녕
철썩

파도는 바다가 보내는 수신호
돌아서는 얼굴마다

두드린다 이토록 오래 접은 안녕

바다의 바닥을 더듬어 보는
두 눈은 까맣고
우리는 어느 정도 어른이 되어 간다

칠판 위에도 창문 밖에도 민들레
오늘도 아낌없이 노랗게

처음 만난 사람

아버지가 돌아가셨다

112호에 내 이름이 떴다 말이 나오기도 전에 절을 한다
나는 표정을 생각하느라 눈물을 잊어버린 사람

슬픔 슬픔 소리를 내면 기운이 다 빠져나가는 것 같아
국물에 밥을 말아 끼니마다 잘 넘어가서 나는 배 속까지
알알한 사람

우리 딸! 문 여는 소리 볼에 닿는 수염은 아직도 따가운
데 오늘부터 아빠는 잘 타는 향으로 남아

똑바로 사진을 본다 제상을 두고 이렇게 우리는 울다가
웃다가 고개를 절레절레 흔들며 다시

처음 만난 사람이 되어 가면서

한 개의 심장

뒤통수를 쓰다듬으며 아빠는 단발도 긴 머리도 다들 하던데 귀찮다고 했지만 아빠가 사 온 리본이 싫기 때문 공개 수업도 학부모 상담도 아빠가 사 온 리본이 싫어서 우리 집에 놀러 오지 말라고 한 것도 그 리본 때문 맞다 아빠 손보다 두 배고 세 배고 커다란 리본 때문에

좌우 위아래 손발 두 귀 콧구멍까지 세상은 온통 짝꿍들 일 층 아래 이 층 정문 맞은편 후문 방학 끝나면 개학 책상 옆에 의자 교사와 학생 친구와 짝꿍 아빠 그리고 엄마

심장은 하나고 가슴속 알아서 뛰는데 좌심실 우심실 왜꼭 둘로 나누어야 하나 식탁에서 마주 보는 건 늘 아빠

엄마, 이불 속에서 소리 내 보면
우심실이 덜컹이며 기울어진다

앞뒤 없이 눈물이 나는 건 그 때문

기사 양반 신 여사

엄마는 아침에 와요 캥거루처럼 이불 속에 들어가면서
뭐라도 먹고 가라

터트리고 튀기고 줄줄 흐르는 나는야 우리 집 계란 요
리사 콩기름에 절여진 계란이 배 속으로 내려가는 동안
세 동생은 때 묻은 교복 얼룩을 지워요

까맣게 밤을 지새운 엄마에겐 인사보다는 잠을 우리는
담 넘는 고양이처럼 철문도 소리 없이 닫을 수 있어요

세면대 새어 나오는 술 취한 손님들 여자가 어디서 운
전을 해 부어터진 얼굴로 세수인지 눈물인지 엄마는 줄줄

오늘도 야구 모자 찢어진 쿠션 기미는 날마다 진해지는
데 무릎 나온 청바지처럼 엄마의 입술은 오늘따라 갑툭튀

바가지 속 오후 내내 고여 있는 엄마 그 물에 가만히 발
을 담그고 우리는 저녁을 지어요 잘 자요 엄마

별아— 밤이면 더 반짝이는 내 이름 동생들을 재워 두고 훌쩍거린 건 매점도 떡볶이도 아닌 친구들 목소리 때문

잠긴 혀뿌리로 대답 없이 걸었던 오늘, 나도 같이 가— 몇 번이고 소리 내 말해 보는 밤

학교 가지 못한 날

친구들이 소풍을 간다 창밖을 보며 손을 흔든다 나는 울지도 않고 손을 잘도 흔든다 옆에서 컹컹 강아지가 짖고 언덕 아래로 친구들 사라진다 아침인데 벌써 해가 진다

힐 신고 투피스에 빛나는 벨트 빼빼 마른 엄마는 달리기도 하고 훌라후프도 돌린다 엄마는 이 풀밭에서 제일 예쁜데 나는 종일토록 돌고 돈다

밤새 지저귀는 새장 속 새들 아빠의 맨발에 힘줄이 돋아난다 새들이 콕콕 바닥을 찍을 때마다 나는 아빠 발의 핏줄을 염려한다 새끼들에게 씹은 먹이를 주는 새에게선 토한 냄새가 나고

수도꼭지를 틀면 온몸을 흔드는 호스 젖은 흙마다 뿌연 먼지의 날들 엄마는 어여쁘고 아빠는 젊은데 나는 울지 않고 개는 종일 짖는다 마당엔 종일 눈물이 새고

십 년 후

검은 패딩에 손을 찔러 넣은 여자가 교무실 문을 연다
잘 지내요? 마스크 속 입이 실룩거렸나 축 처졌을까
아이라인 길게 꼬리를 뺀 눈이 좌우로 잠시 길어진다
쌤은 똑같네요 어느 해의 어떤 아이일까 우리 반일까
패딩 속 손이 움직거리며 들락날락 무엇을 꺼내려는
순간, 저 판타지만 본다고 쌤이 맨날 뭐라 했잖아요
빈 주먹이 내 옆구리를 쿡 찌르기 전, 왜 뾰족한 것은
머릿속을 지나가 버리나 붉은 판타지 페이지를 넘기고
나는 좁쌀 같은 표정으로 끄덕거린다 그래 안녕 그래
무엇도 없었는데 무엇이 무서웠을까 교문을 나가면
우리는 모르는 사람 모르는 여자 모르는 시선으로
어른이 되어 버린 수많은 너와 어른이 된 나는 살아가고
우리는 얼마나 어른일까? 우리는 그렇게 같이 살았나
교무실 문이 닫히고 나를 닮은 어른이 손을 흔들고 간다

사 먹으면 돼요

초코파이는 군인에게
피크닉은 초딩에게
핫도그는 식상해
식상한 우리는
핫도그처럼 걷고
핫도그 표정으로 서 있다
뭉뚱그려 자라는 오늘

방과 후 수업 들을래?
문학 기행 갈래?
급식 먹을까?
독서 캠프 정말 재미있을 거야
책도 읽고 김밥도 먹고
일 년에 몇 번 없는 기회라고
어때?

선생님, 저 학원 가야 해요
그리고

사 먹으면 되거든요
식상해요 정말

일요일 밤

진짜 꽃이야

만지지 않아도 온기가 느껴진다면
말하지 않아도 얼굴을 읽고
기척에도 향기가 피어난다면

언제부터 서 있었던 걸까
보도블록에서도 뿌리를 박고
어제보다 조금 더 자란 우리는

본다 도로를 건넌 후 숨을 몰아쉬는 노인과
조금씩 마르면서 오그라드는 잎 잎
위—잉 소리를 남기고 가는 오토바이
두 손을 잡고 발을 맞추는 연인들
그림자 밤의 불빛에 가려져

눈만 감아도 마음이 커지고
얼굴을 가리면 저 끝의 소리까지

어디에서 찾을 수 있을까
기다란 나무 그림자 속에 서면
진짜처럼 하나인 것처럼

밤의 도로에 뿌리를 내리고
우리는 언제고 꽃이 될 수 있을 것이다

잘 가

눈이 녹는 소리
해가 돋는 저 끝

언젠가는 말해야 한다고 생각했어
너를 좋아한 건 아마
교실에 네가 들어왔을 때부터일 거야

눈을 덮은 잔디
해를 안은 바다

꿈을 꾸듯 너는 하얀 말을 하고
색색의 표정으로 웃곤 했다
눈도 해도 다 빛나던 너는

발자국 없는 길 위처럼
네가 사라져서
우리는 그 해를 지웠다
폭설이라고 진눈깨비라고

말했다 모른다고 했다

미끄러질 듯 슬로 계단에서
돌아서면 보이던 네 미소
계단은 여전히 돌고 도는데
거울 속에는 나만 있다

눈은 사라지고
꽃은 피고
아무렇지도 않게 아침이 오자
울지 않게 되었다

잘 가라고 말해야 할 시간이다

수천의 딸들을 기억하는 법

이근화 시인

　여중생을 키우는 엄마로서 나는 딸아이를 잘 알 것 같지만
전혀 그렇지가 않다. 예전의 여중생들과 달리 지금 아이들은
성장이 빠르고 보호받고 자란 아이들 특유의 어린 양이 있다.
이러한 차이가 평균적인 것은 아니겠지만 '라떼'를 생각하며
아이를 키울 수는 없다. 달라진 환경과 조건 속에서 우리 아이
들의 마음을 헤아리기 어렵다. 아이들과 함께 감당했던 지난
수년간의 시간들이 떠오른다. 코로나19의 유행으로 오랜 기간
평범한 일상생활을 유지하기 어려웠다. 온 가족이 집 안에 머
물며 함께 생활하는 것이 쉽지 않았다. 이제 그 긴 터널을 빠
져나온 듯도 하지만 이상 기후 현상이 공공연히 일어나면서
재난이 멀리 있지 않다는 인식이 따라붙게 되었다. 환경 오염
과 생태계 파괴의 위험성이 교과서에서 배우는 지식이 아니
라 피부에 와닿는 일이 되어 버린 것이다. 자연재해뿐만 아니

라 사건 사고도 많았다. 세월호 참사가 해결 국면을 맞이하기도 전에 이태원 참사가 일어나 많은 젊은이들이 또다시 희생되었다. 사건 다음 날 아침 빠르게 비상 연락망이 돌았다. 상상하기 어려운 사고가 바로 눈앞에서 벌어지면서 두려움과 죄의식을 떨치기 어려웠다. 계층 간, 세대 간, 성별 간 갈등과 혐오가 만연하여 공포스러운 사건들이 연이어 터지고는 하였다. 지금 우리 사회는 아이들의 미래를 낙관하기 어렵다. 삶을 위협하는 온갖 재난과 불미스러운 사건 속에서 아이들은 뭘 보고, 어떻게 느끼는 것일까. 어른으로서 희망을 이야기하기가 미안해지고는 한다.

나는 최설의 청소년시집을 읽고 아이들의 일상과 그 마음을 조금 엿본 듯하다. 그건 그들의 언어와 태도를 가장 가까이 바라보고 오랜 시간 함께한 이가 목격한 것이어서 생생하고 아프다. 여러 아이들의 삶의 모습을 두루 바라볼 수밖에 없는 여중 선생님으로서 최설은 그들의 목소리를 실감 나게 되살리고 있는데, 그 목소리 안에는 여성 어른이 아닌 여중생 사람의 목소리와 자세가 있다. 그들 일상의 바람과 꿈이 배어 나온다. 학교생활의 어려움이, 친구와의 갈등이, 가족의 죽음이 여중생 사람의 목소리로 흘러나온다. 다음의 구절들을 읽을 때 쿡쿡 웃음이 나기도 하고, 마음이 덜컹 내려앉기도 했다.

전교 1등 언니는 청바지에 똑바른 자세라지만 나는 엎드

려야 글씨가 잘 써진다 똑같이 24시간 졸다가 얼마 풀지도
못하고

—「D-10」부분

톡방을 열었을 뿐이고
너를 초대했을 뿐이고
다른 애들이 욕을 했을 뿐
경찰 앞에서 나는 입술이 없다

—「없다」부분

나만 보면 꼽주는 네 말 덕분에 오늘도 역시 원샷 받는다

—「꼽」부분

하나 둘 꾸욱
오늘 쌍테 잘 붙었다 좋은 일이 생길 것만 같아

—「눈꺼풀을 감으면」부분

어깨동무로 피어나는 수다
세상 헐렁 묶은 친구들과
떡진 헤어 우리는 정다운 사이

—「여학교」부분

너 점심시간에 2학년 교실로 오라셔

오라 아니고 오라셔

여중에선 옥상보다 선배가 높다

                —「안녕하세요」부분

나보다 한 뼘은 더 단단해 보이는

소녀상 앞에서 우물쭈물하다

언 손을 꼭 잡아 주고 왔다

                —「단발머리」부분

배를 접는다

칠판 가득 노란색 침묵

그날 이후로 어른이라는 단어를 말하지 않는다

            —「우리도 생각이 있다」부분

    최설의 청소년시를 읽으면 여중생 아이들의 모습이 눈앞에 선명하게 그려진다. 책상에 엎드려 무언가를 끼적이는 학생이 익숙하게 떠오르고, 모종의 불미스러운 사건에 휘말려 침묵 속에 빠진 아이들이 상상되기도 한다. 그들의 호흡과 태도가 느껴진다. 교우 관계로 잠도 못 자고 고민하는 아이들도 있을 것이다. 외모에 신경을 쓰느라 거울 앞에서 오랜 시간을 보내는 학생들도 많을 것이다. 쪼그만 아이들 같지만 그들에게는 그들만의 룰이 있고, 다 자기 생각과 계획이 있다. 어른들의 눈에 잘 보이지 않는, 혹은 쉽게 묵살되곤 하는 여중생의 생활이 있어 가만히 작품을 들여다보게 된다. 하지만 그게 전부가 아니다. 소녀상 앞에 선 아이들은 난감함을 느끼고, 세월호 사건 앞의 무거운 침묵을 그들도 함께 느낀다. 배움과 성장의 시간을 고스란히 겪고 있는 여중생들의 모습에 적극 공감하게 된다.

초등학생들이 비교적 낮의 세계에 바빴다면, 이제 호르몬의 활기와 함께 여중생들에게 밤의 세계가 열린다. 얼마간 학습에 대한 부담과 성적에 대한 걱정이 거기에 함께한다. "어둠은 학원 버스 불빛을 달고 길어진다"나 "입김이 밤을 살찌우네"(「발걸음」) 같은 구절에는 일상 공간 속에 스며든 압박감이 배어 나온다. 학업 스트레스만큼이나 가족 내 갈등은 사춘기 아이들의 성장 과정에서 빠지기 어려운 요소일 것이다. 여중생의 일상 가운데 엄마와의 갈등은 주된 분화구이다. 부모 입장에서 네 인생을 살라고 쿨하게 거리를 두고 싶지만 그게 가능할 리 없다. 그 어려움 때문일까, 집 안을 채우는 여러 차원의 소리가 있다. 목소리가 있고, 침묵이 있고, 소음이 있고, 음악이 있다. 엄마와 딸 사이에는 뭐니 뭐니 해도 잔소리가 있다(「잔소리 반사」). 잔소리는 사람을 미치게 한다. 하는 사람도, 듣는 사람도 함께 돈다. 증폭되고 전이되어 제자리를 이탈하게 하는 소리이다. 그 소리들의 광증에 휘말리다가 가까스로 제

자리에 돌아왔을 때 자신의 사람됨을 자책하는 자리에 엄마들은 다시 서게 된다. 아래 시에서 보이듯 아마 딸들도 그럴 것이다.

> 고무장갑 안에 넣은 손처럼
> 나는 오늘도 여럿으로 나뉜다
> 머릿속에는 두꺼운 뼈가 차 있을 것이다
> 우리의 행동은 머리를 통과하여 나온다고 배웠으나
>
> 고무처럼 뭉툭한 말만 우둘투둘
> 엄마 머리는 숨이 다 죽었는데 묵은 김치처럼
> 손목이 시큰거린다고 했는데
>
> 쾅 소리로 닫히는 방문은 내 마음과 다를 것이다
> 서 있는 엄마 장갑에선 물이 뚝뚝
> 이 머릿속에는 두꺼운 마음만 들었나 보다
> 손가락 하나하나 엄마에게서 나왔다 배웠으나
>
> ─「마미손」 부분

엄마들이 잔소리를 멈출 수 없는 것처럼 딸아이들도 그들 마음과 달리 "뭉툭한 말"들을 자주 쏟아 낸다. "머리를 통과하여 나온" 것 같지 않은 행동들을 불쑥 하고는 한다. 엄마와의 화끈한 말싸움 끝에 종종 문이 쾅 소리를 내며 닫힌다. 이쪽과 저쪽을 모두 뜨거운 얼음 상태로 만들어 놓는다. 고무장갑을 낀 채 물을 뚝뚝 흘리고 서 있는 엄마들이 닫힌 방문 안에서 이어폰을 끼고 요란한 음악을 듣는 그 아이들을 낳았다. 배 속에 품고서 애지중지했던 시간들이 훌쩍 지나 서로를 끓어오르게 하고 집 안 공기는 쉽게 냉각되고는 한다. 아이들도 "손가락 하나하나 엄마에게서 나왔다"는 것을 모르는 게 아니다. 딸과 엄마의 반복되는 갈등은 「잔소리 반사」에서 서로 주고받는 말들이 각각 1, 2연으로 그려지기도 한다. 상대방을 향한 말들이 어느 한쪽으로 기울지 않고 각자의 입장에서 팽팽한 긴장 관계를 이룰 때 뜨거움과 열띰을 모르는 것이 아니기에 오히려 피식 웃음이 나오기도 한다. 그 웃음 끝에 부끄러움이 살짝 고개를 들기도 한다.

짜증과 변덕이 그만그만한 사춘기 학생들에게 자주 오는 감정이라면 그런 불규칙한 감정선에 비해 단순한 것에 대한 취향은 그들의 존재를 지지해 주는 선물 같은 것이다. 라면 한 젓가락에 기분이 풀리기도 한다(「라면」). 이 땅의 여학생들은 떡볶이와 마라탕 같은 자극적인 음식 덕분에 잠깐 쉴 수 있는 게 아닐까(「취향 저격」). 엄마와 으르렁거리다가도 "방 안 가득 밀려오는 후회/오늘도 비좁은 책상"을 감각하는 여중생들(「으르렁」). 제 맘대로 되지 않는 뜻밖의 사건들 앞에서 '미쳤다'를 남발하며 마음을 고르는 여중생들(「미쳤다」)은 지금 한창 감정을 훈련하는 중이다. 내 것 같지 않은 이 감정들을 들었다 놨다 하면서. '꼽', '핵', '뚱', '빻' 같은 기성 어른들이 쉽게 이해하기 어려운 말 표현들을 남발하면서. 귀엽지 않은가, 가엾지 않은가. 세상의 모든 엄마들도 딸이었으니 딸이었던 시절들을 기억해 보고, 제 엄마(딸의 할머니)를 회상해 본다. 딸이 엄마가 될 미래를 저주해 보기도 한다. 그렇게 아프게 감각하며 한 시절을 보내는 것이 인생이라면 그 시기를 건너는 말들이 이 시집에 있다. 조금씩 달라지기 위한 노력과 그 다름을 기민하게 알아채는 시인의 감각적 언어에서 힘이 느껴지고 용기가 샘솟는다.

　여중생도 다 같은 여중생이 아니다. 말없이 혼자 다니는 아이가 있고(「혼잣말」), 핸드볼을 하는 숏컷 여학생도 있다(「조물조물」). 편부모 가정의 아이들도 많고(「한 개의 심장」, 「기사 양반 신 여사」), 다문화 가정에 속한 아이들도 있다(「반국 사람」). 하트만 봐도 발그레한 수줍은 여학생이 있고(「있다」), 윗집 오빠를 갑작스레 마주쳐 심쿵한 아이도 있다(「심쿵해」). 언니들에게 푹 빠진 아이들이 있고(「내 사랑 언니」), 쌤을 흠모하여 종일 두근거리는 아이도 있다(「궁금해?」). 한 교실에 섞여 있는 서로 다른 아이들의 고민과 두려움을, 각기 다른 성장의 국면을 하나하나 눈여겨봐야 하는 선생님의 위치라는 것을 다시 생각해 보게 된다. 선생에 '님'을 꼭 붙여야 하는 것은 그들이 공부를 가르치는 잘난 사람이어서가 아니라 눈높이를 맞춰 성장

하는 아이들을 '바라보기'를 자처한 사람이어서가 아닐까. 현직 중학교 국어 교사 최설 시인이 청소년시집을 통해 그들의 마음을 들려주는 것은 그 애씀에서 흘러나온 귀한 목소리일 것이다.

하천에서 실종되지 않았으며
외모를 자랑스럽게 여겨 씩씩하고
집단 폭행에 휘말리지 않아
혼자서도 무리들과 정답고
스트레스엔 떡볶이고
담배는 손대 본 적도 없음
낮길이고 밤길이고
음악을 들으며 걷는 발자국
누구도 만지지 않는다
구석진 곳에서도 늠름한 내게
가출이라니 이 집의 중심은 나
제사상 가운데 우뚝 서서
조상님께 꿈을 말씀드린다
실력으로 승부하기 위해
오늘도 새벽을 밝히는
이 목소리로
세상을 꿈꾸기 위해

내일을 말하는 소녀
성희롱 성폭력 성매매 없는 세상
팔목엔 칼자국 말고 온기를
숏컷도 바지도 노 메이크업도 박수를
오늘도 피어나는 여중생

—「여중생」 전문

　이 작품에는 다음과 같은 주석이 붙어 있다. "'여중생'으로
검색한 1년 뉴스의 95% 이상이 실종, 집단 폭행, 촬영 유포,
가출, 강간 성희롱 성폭력 성추행 성매매 등 성범죄 관련 내
용으로, '남중생'으로 검색한 뉴스와 비교했을 때 양적으로도
100배가 넘는다." 그러니 여중생은 인간의 성장기 가운데 사
춘기를 지나는 여학생이 아니다. 인간이 스스로 자신을 지켜
가야 할 자유와 권리가 있다면, 우리 사회 여중생들은 안타깝
게도 그걸 수행하기 어려운 자리에 놓여 있다. '피어나야 할'
존재들인데 왜 그럴 수밖에 없는지 다 같이 생각해 보지 않을
수 없다. 어쩌면 이 시집이 여중생, 여학교를 다니는 딸들의
존재에 관심을 갖고 있는 것은 그들을 지켜 주고 싶은 어른이
있기 때문일 것이다. 시인으로서 이 용기와 노력 덕분에 우리
는 현재 우리 사회 여중생의 자리를 생각해 보고, 그들이 마
땅히 있어야 할 미래의 자리를 적극적으로 상상해 볼 수 있게
되었다.

"밤의 도로에 뿌리를 내리고/우리는 언제고 꽃이 될 수 있을 것이다"(「일요일 밤」)라고 말하는 작품에서 여중생은 '진짜 꽃'이 될 존재이다. 꽃은 꽃인데 보도블록 사이에 핀 꽃이다. 화단도, 꽃집도 아니다. 어디선가 날아와 돌 사이 한 줌 흙에 어렵사리 자리 잡고 핀 꽃이라 자세히 들여다보지 않으면 눈에 띄지 않는다. 걸음을 멈추고 시선을 던진 자들에게만 특별하게 발견되는 꽃. 그러한 자리에 여중생 사람이 서 있다. 예쁘거나 화려한 꽃 말고, 어디서든 자기 자리에서 자기다운 삶을 꿈꾸는 사람들이 기대하는 만개. 사람과 사람 사이에서 조금씩 성장하기를 멈추지 않는 일. 그 존재들을 진정 '꽃'이라 부르고 싶다.

수천의 딸들을 기억하며, 삶의 여러 국면에서 갈등이 있을 때에도 너무 멀리 이탈하지 않고 잽싸게 되돌아오는 법을 최설 시인은 이미 알고 있을지도 모르겠다. 모르더라도 끝내 그렇게 하기 위해 노력하는 쌤일 것이다. 「시인의 말」에서 최설은 "여중, 여고, 여대를 나와서/여학교에 근무하는 국어 교사가 될 줄은/두 딸을 낳아 기르고/수천의 딸들을 기억하게 될 줄이야/정말 몰랐다"고 말한다. 하루하루 더 많은 여학생들과의 소중한 시간이 시인에게 아직 남아 있을 것이다. 우리가 궁극에 꿈꾸는 사랑의 마음이 그 쌤의 마음 한가운데 자리 잡고 있을 것이라 믿는다.

시인의 말

우리 반에서 딱 한 명, 여중에 배정받은 나는
몰랐다 여중, 여고, 여대를 나와서
여학교에 근무하는 국어 교사가 될 줄은
두 딸을 낳아 기르고
수천의 딸들을 기억하게 될 줄이야
정말 몰랐다
비 오고 눈이 되었다가 어느새 쨍쨍한
너와 나의 마음
오늘 창밖은 그렇게 변덕스러운데
너는 변덕 아니고 소중하니까
조금만 버티고 있어 줄래?
이렇게 작고 보드랍고 따사로운 우리들은
중딩이고 나도 여전히 여중생이라서
내 마음 종종 나도 몰라
그토록 쉽기도 어렵기도 한 우리들의
마음을 들어 줄 수 있을까?

그런 너와 나의 이야기
두 딸 재인 효인과 휘녀들의 이야기였다가
모든 중고등학생들의 숨겨 둔 마음이기를
오늘도 배꽃같이 하얗게 웃는 너희들
앞으로 또 얼마나 환한 여러분을 만나게 될까?
그렇게 너의 마음을 곱게 읽고 싶어

2023년 계절의 시작

최설 쌤

창비청소년시선 44

핑크는 여기서 시작된다

초판 1쇄 발행 • 2023년 4월 14일

지은이 • 최설
펴낸이 • 강일우
편집 • 한아름 박문수
조판 • 이주니
펴낸곳 • (주)창비교육
등록 • 2014년 6월 20일 제2014-000183호
주소 • 04004 서울특별시 마포구 월드컵로12길 7
전화 • 1833-7247
팩스 • 영업 070-4838-4938 / 편집 02-6949-0953
홈페이지 • www.changbiedu.com
전자우편 • contents@changbi.com

ⓒ 최설 2023
ISBN 979-11-6570-212-0   44810